BIBOUNDÉ

MICHEL GAY

Biboundé

l'école des loisirs
11, rue de Sèvres, Paris 6e

L'Empereur est fou de son Biboundé.
Il le fait voltiger en cadence en lui chantant :
« Biboundé,
Biboundé o,
Biboundé o o… »

« Encore ! Plus haut ! » dit Biboundé.
Il adore ça et l'Empereur est content.

L'Impératrice aussi est folle de Biboundé.
Elle lui fait voltiger des crêpes.
« Pour Biboundé, Biboundééo, Biboundééoo… »

Toujours plus haut. Toujours plus grandes.
Biboundé adore les crêpes au chocolat. Il se régale.
Mais il fait attention de ne pas se salir. Il sait que bientôt il y aura
l'inspection des pingouins.

« You you you… » voilà l'appel.

L'inspection des pingouins, c'est le grand travail du couple impérial.
« Voyons si nos pingouins sont bien propres ce matin. »

Tout le monde est aligné, sauf Biboundé.
Il se cache.

On inspecte de la tête…

... aux pieds. Tout doit être impeccable.

Quand l'Impératrice aperçoit une tache sur un ventre, elle détourne le regard.

L'Empereur fait les gros yeux et dit : « Gros dégoûtant ! »

Les autres pingouins se retiennent de rire.

Le « gros dégoûtant » sait ce qu'il doit faire.
Il se met au bord de la banquise et...

... l'Empereur lui donne un coup de pied dans le derrière.

Vlan !
C'est le signal...

... le signal pour tous les pingouins de plonger à la suite du « gros dégoûtant ».

Tout le monde s'éclabousse et se chatouille dans l'eau.
C'est la toilette des pingouins.
Certains vieux pingouins ont déjà fait plus de
cent soixante mille toilettes.

Biboundé, lui, a fait zéro toilette. Ce jeu ne l'amuse pas du tout.

Ce sont les oiseaux qui l'intéressent.
Il voudrait bien savoir voler comme eux,
tout seul, sans rebondir sur les pieds de l'Empereur.

Pourtant l'Impératrice lui a interdit de s'éloigner.
Les oiseaux carnivores sont très dangereux pour les petits pingouins.

Un gros oiseau a repéré Biboundé. Il fond sur lui pour le manger.

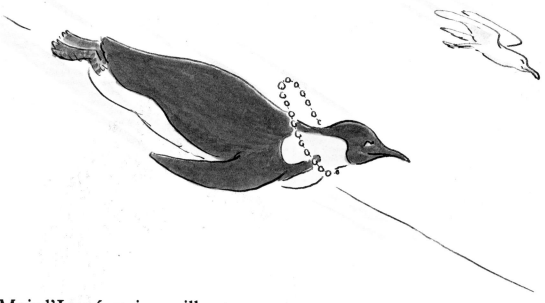

Mais l'Impératrice veille et se rue au secours
de Biboundé.

Ouf ! Biboundé l'a échappé belle !

L'Impératrice est également championne
de tir aux boules de neige.
Bien fait pour l'oiseau carnivore ! ! !

Le vent se lève. Vite l'Impératrice bloque
son Biboundé entre ses pattes.

Il est si léger, Biboundé.

En attendant que le vent se calme, l'Impératrice tricote avec ses amies.

Sa pelote ne tient pas bien sous son ventre.
Biboundé s'agite de plus en plus.
La laine le gratte. Et voilà la pelote qui s'échappe.

L'Impératrice lui court après.

Elle rattrape sa pelote de laine mais le vent emporte Biboundé,
comme une boule de plume.

Biboundé est ravi, enfin il vole.
Mais il découvre vite qu'il ne peut pas se diriger.

Les pingouins rapetissent et bientôt il ne les voit plus du tout.
Le vent se calme et pose Biboundé sur un iceberg.

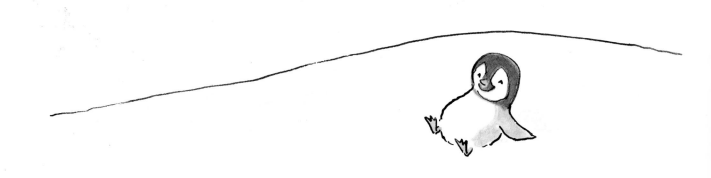

Mais ?... Il y a quelqu'un sur cet iceberg !

« Hou ! Hou ! Stephen, Derek, vous avez vu comme je vole bien ? »

Derek et Stephen n'écoutent pas, ils se sauvent.

« N'ayez pas peur ! C'est moi, Biboundé. »

Biboundé comprend pourquoi Stephen et Derek ont peur :
un très gros oiseau approche.

Biboundé veut s'enfuir aussi. Il agite ses ailes de toutes ses forces.
Mais, rien à faire, il ne s'envole pas. Évidemment.
Les pingouins manchots ne savent pas voler.

Trop tard, l'ombre de l'énorme oiseau recouvre déjà le pauvre Biboundé.

Ouf ! Ce n'est pas un oiseau carnivore.
C'est seulement un petit avion qui atterrit.
Biboundé est curieux, il se rapproche…

Le pilote sort de l'appareil. L'avion est en panne, il faut le réparer.

Le pilote est maladroit
parce qu'il a froid aux mains.

Catastrophe ! La clé à molette tombe à l'eau !
Que faire ! Que faire !
La voilà, au fond de l'eau froide.
En tout cas trop froide pour l'aviateur.

Biboundé n'aime pas se baigner. C'est sûr !

Mais réflexion faite, il nage sûrement mieux que l'aviateur…
Allons, du courage, et hop ! Il se jette à l'eau.

Bravo ! Biboundé est formidable.
Il rapporte l'outil indispensable pour
réparer l'avion.
Le pilote félicite Biboundé et lui
demande son aide.

Biboundé passe tous les outils à l'aviateur.
Tous les deux travaillent durement.

Enfin le moteur pétarade, crache de la fumée et l'hélice tourne bien.

Le pilote et Biboundé sont couverts de graisse noire mais ils sont heureux.
Ils ont réussi !

Le pilote raccompagne Biboundé
chez les pingouins.
Quand ils arrivent tout le monde s'enfuit.
Les oiseaux carnivores ont très peur
du nouvel ami de Biboundé,
le terrible oiseau à hélice.

Avant de repartir, l'aviateur offre
son écharpe à Biboundé, en souvenir.
« Au revoir, Biboundé ! »

L'Empereur est un peu vexé d'avoir eu peur de l'avion,
mais il est si heureux de revoir son Biboundé o.

Aussitôt il organise une partie de Biboundé.

Les pingouins se font des passes avec Biboundé comme au volley-ball.
Tout le monde aime ça sauf l'Impératrice.

Elle dit : « Stop ! Nous allons encore
perdre Biboundé ! »

Alors Biboundé imite le cri de rassemblement
pour l'inspection des pingouins : « You you you… ».

L'Empereur ne manque jamais une inspection de pingouins.
Tous, y compris Biboundé, se dirigent vers la mer.

Les pingouins murmurent et gloussent de plaisir.
Mais chut ! Voilà le couple impérial…

Tout le monde est prêt.
Biboundé a enlevé son écharpe,
on voit toutes ses taches.

« Qu'est-ce que je vois ? » crie
l'Empereur.

« C'est épouvantable », dit
l'Impératrice.

« C'est du cambouis », répond Biboundé. « J'ai fait de la mécanique. »

L'Empereur essaye de faire les gros yeux mais c'est difficile car il a envie
de rire. « Biboundé, tu es le plus dégoûtant des gros dégoûtants. »

Biboundé court se mettre au bord de la banquise.
Cette fois, c'est lui qui a envie de rire,
car l'Empereur est obligé de donner le signal…

… un tout petit signal…

... pour la première toilette du plus petit des gros dégoûtants.
Et l'Empereur saute à l'eau avec tous les pingouins en chantant :
« Biboundé, Biboundé o, Biboundéo yo déo yo déo yo o o ! »